Bea Molatta

Ein Virus auf Reisen

wie das Coronavirus zu uns kam

Bea Molatta

Ein Virus auf Reisen

Wie das Coronavirus zu uns kam

eine Geschichte für Kinder

Impressum

Bea Molatta
Ein Virus auf Reisen
Wie das Coronavirus zu uns kam
eine Geschichte für Kinder
ISBN: 978-3-7519-2027-8

Dieses Buch ist auch als E-Book erhältlich.

Bibliografische Information der Deutschen Nationalbibliothek:
Die Deutsche Nationalbibliothek verzeichnet diese Publikation in der Deutschen Nationalbibliografie; detaillierte bibliografische Daten sind im Internet über http://dnb.dnb.de abrufbar.

© 2020 B. Molatta

Lektorat: Franz Reithmayr

Herstellung und Verlag: BoD – Books on Demand, Norderstedt

ISBN: 978-3-7519-2027-8

Widmung

Dieses Werk widme ich allen Menschen,
die von den Konsequenzen des Coronaviruses
betroffen sind.

Ich gedenke an die Erkrankten,
an die Menschen in Quarantäne und alle,
die darunter zu leiden haben,
sei es gesundheitlich oder finanziell.

Im Dschungel

An einem wunderschönen Tag, an dem die Sonne schien und alles mit ihren hellen Sonnenstrahlen angenehm wärmte, wurde in einem Dschungel im fernen Asien ein neues Virus geboren.

Es war froh, auf der Welt zu sein, denn alles war so herrlich bunt. Jeden Tag entdeckte es neue Farben und Formen, lernte neue Pflanzen, Gräser, Blumen, Sträucher, Bäume und Pilze kennen. Es erkundete viele unterschiedliche Blätter, Knospen, Rinden und Wurzeln.

Ganz besonders mochte es Blüten. Das Virus war fasziniert von deren Vielfalt und Einzigartigkeit. Die einen sind groß, andere hingegen sind klein. Einige Blüten haben wenig Blätter, andere wiederum ganz viele. Allesamt haben sie unzählige viele Farben und einen anderen Duft. Jede Blüte ist anders, und doch sind alle Blüten wunderschön.

Wie schön es ist, sich in einer Blüte auszuruhen und ihren Duft einzuatmen.

Doch was ist das für ein komisches Geräusch? Es wird immer lauter und scheint näher zu kommen!

Bumm! Plötzlich landete ein schwarzes Tier mitten auf der Blüte, so dass diese hin und her wackelte.

Das Virus erschrak und wollte wissen, was sein Nickerchen so abrupt beendete.

„Wer bist du?", fragte das Virus.

„Ich bin ein Käfer", antwortete dieser ruhig mit seiner tiefen Stimme.

„Und ich bin ein Virus."

„Ja, ich weiß, das sehe ich. Ich kenne euch, denn ich habe schon einige Viren mitgenommen", sagte der Käfer schon fast gelangweilt, als ob es das natürlichste der Welt sei.

„Mitgenommen?" Das Virus wurde neugierig. „Wohin?", wollte es wissen.

„Dorthin, wo ich hinfliege. Ich fliege zu Blüten, die mir besonders gut schmecken."

Das Virus dachte eine Weile lang nach. Wenn der Käfer es mitnehmen würde, könnte das Virus viel mehr Blüten und andere Pflanzen entdecken.

„Nimmst du mich mit?", fragte es den Käfer.

„Na klar. Steig schon mal ein. Wenn ich hier fertig bin, fliegen wir weiter", sagte dieser gelassen.

Das Virus machte es sich im Käfer bequem. Sobald der Käfer satt war, flogen sie weiter. Das Virus sah jetzt, wie schnell die Landschaft an ihm vorbei flog. Was für ein tolles Gefühl, dachte es.
Aber was noch spannender war, war der Käfer selbst. Das Virus kannte bislang Pflanzen und Pilze, aber noch keinen Käfer. Es erkundete seinen Panzer, seine Flügel, seine Beine und seine Fühler.

Tiere sind ganz anders als Pflanzen. Während Pflanzen an einem Ort bleiben, sind Tiere unterwegs und nutzen Blüten, Blätter und Rinden, um sich zu ernähren und sich auszuruhen. Das ist total spannend, dachte sich das Virus.

Als sie auf einer orangenen Blume landeten, sah das Virus die spitzen Ohren eines Tieres, das sich hinter einem großen dunkelgrünen Blatt versteckte. Das Virus wurde neugierig. Wie dieses Tier wohl von innen aussieht? Es ist viel größer als der Käfer, also gibt es viel mehr zu sehen! Was das Tier so den ganzen Tag lang macht, fragte es sich.

„Danke für den Flug. Und guten Appetit. Ich schaue mir mal das Tier dort drüben genauer an", entschied das Virus.

„Gern geschehen. Viel Spaß beim Entdecken. Bevor du gehst, möchte ich dir einen Rat geben. Halte dich von den Menschen fern", riet der Käfer und flog gemächlich davon. Wahrscheinlich flog er weiter zur nächsten schmackhaften Blume.

Menschen? Was ist das, dachte sich das Virus.

Doch zunächst einmal konzentrierte es sich auf das Tier, das im Gestrüpp umher schlich. Es hatte zwei spitze Ohren, eine Art Schnurrbart, vier Beine, einen langen Schwanz.

„Hallo! Wer bist du?", fragte das Virus neugierig.

„Pssst! Nicht so laut! Ich bin eine Schleichkatze. Du kannst mich auf meinen Streifzügen begleiten. Aber sei still!", flüsterte die Wildkatze.

Das Virus überlegte nicht lange und begleitete die Schleichkatze auf ihren Streifzügen. Und so schlich sich die Schleichkatze mit dem Virus ganz leise durch das Grün des Dschungels.

Anfangs war es spannend, dieser Katzenart zuzusehen. Doch immer nur still sein und herumschleichen, gefiel dem Virus auf Dauer nicht. Das Virus langweilte sich.

„Sag mal, hast du etwas von Menschen gehört?", fragte es nach einiger Zeit.

Die Schleichkatze erschrak.

„Pssst! Sei still! Wir sprechen nicht gerne über Menschen. Sie fangen uns und nehmen uns mit in ihre Stadt. Dann sind wir nicht mehr frei und können nicht mehr umher schleichen", flüsterte diese.

„Also kennst du Menschen?" Das Virus war gespannt und konnte es kaum erwarten, mehr über die Menschen zu erfahren.

„Nein. Und ich will sie auch nicht kennenlernen. Halte dich fern von ihnen. Und jetzt lass mich bitte weiter herum schleichen!", antwortete sie.

„In Ordnung. Ich steige gleich um. Danke, dass du mich auf deinen Streifzügen mitgenommen hast."

Auf einem Ast sah das Virus einen bunten Vogel sitzen, der sich noch von seinem letzten Flug ausruhte.

Das Virus blickte in den strahlend blauen Himmel, den es durch die Baumkronen sehen konnte. Wie schön es doch wäre, den Dschungel vom Himmel aus zu betrachten. Ja, das wäre toll.

Da das Virus den Vogel nicht wecken wollte, schlich es sich zu ihm und stieg ganz leise auf. Als der Vogel aufwachte und sich in einer kleinen Pfütze erfrischte, flogen sie gemeinsam durch die Lüfte. Nun konnte das Virus den Dschungel aus der Luft betrachten.

Es sah unzählig viele grüne Baumkronen, soweit es schauen konnte. Wie schön es ist, den Dschungel aus der Luft zu betrachten. Alles auf dem Boden erschien ganz klein. Die Welt ist ein riesiger Dschungel, dachte es sich.

Aber die Menschen, von denen die Tiere sprachen, konnte es nicht sehen. Keinen einzigen. Vielleicht gibt es die gar nicht. Vielleicht haben die Tiere es sich nur ausgedacht.

Fröhlich reiste das Virus von Tier zu Tier und bereiste so fast die ganze Tier- und Pflanzenwelt. Jede Pflanze und jedes Tier sehen nicht nur anders aus, sie riechen auch alle ganz anders.

Ihm gefiel die Natur. Auch die Tiere, die ihn aufnahmen, mochte es sehr und fühlte sich bei ihnen wohl und beschloss, alle Tiere zu besuchen, um sie kennenzulernen.

Mal sah es die Welt aus der Luft, mal vom Boden aus. Je nachdem, welches Tier ihn mitnahm. Wenn es zum Beispiel eine Fledermaus besuchte, sah das Virus den Dschungel sogar bei Nacht.

Na nu? Was ist das denn für ein Tier? Das kenne ich noch nicht. Auf einem Blatt einer großen Pflanze wartete das Virus, bis sich das Tier näherte.

„Bist du ein Wurm?", frage das Virus verunsichert.

„Nein, ich bin eine Schlange", zischte diese. „Sag bloß, du hast noch nie eine Schlange gesehen?"

Da musste sich das Virus eingestehen, dass es vorher nie so genau hingeschaut hatte. Es dachte, dass Schlangen große Würmer seinen.

„Steig ein, kleiner Virus! Dann wirst du den Unterschied erkennen!"

Das Virus zögerte nicht und lernte so die Schlange kennen. Tatsächlich! Die Schlange hat Schuppen, eine seltsame Zunge, spitze Zähne, Knochen und bewegt sich wellenförmig im Zickzack.
Was für ein komisches Gefühl, hin und her geschaukelt zu werden. Aber irgendwie beruhigt das auf Dauer. Das Virus wurde müde und döste verträumt vor sich hin.

Doch mit einem Mal wirbelte alles wild umher. Es wurde dunkel um die beiden herum. Und die Schlange geriet in Panik.

„Was ist los?", wollte das Virus wissen.

„Hilfe! Hilfe!", schrie die Schlange und wand sich hektisch zu allen Seiten.

„Hilfe! Wir wurden gefangen!"

„Gefangen? Von wem?", fragte das Virus.

„Von den Menschen! Sie stellen Fallen auf, um viele Tiere zu fangen. Dann bringen sie uns in die Stadt", sagte die Schlange mit zittriger Stimme und schrie erneut: „Hilfe!"

Nachdem das Virus das hörte, war es ganz aufgeregt. Menschen? Stadt? Das heißt sie nehmen uns mit in die Stadt? Toll! Dann kann ich endlich die Menschen kennenlernen!
Das Virus freute sich. Doch es durfte seine Freude nicht der Schlange zeigen, da diese Angst hatte.

„Warst du schon mal in der Stadt?", fragte das Virus so neutral wie möglich.

„Nein! Kaum ein Tier, dass in die Stadt gebracht wurde, kam je wieder zurück!", sagte sie ängstlich.

Na ja. Vielleicht ist die Stadt viel spannender als der Dschungel, überlegte das Virus.

Auf in die Stadt

Es war immer noch stockdunkel um die Schlange und dem Virus. Sie wussten nicht, wo sie waren. Die Schlange war in einem Strohsack gefangen und wurde in diesem von einem Menschen getragen. Mit einem Mal blieb der Mensch stehen. Dann hörten sie ein seltsames Geräusch.

Klick. Klack. Quietsch.

Mit einem Mal wurden sie abgesetzt. Plötzlich sahen sie einen Lichtschein. Die Schlange ergriff die Chance und eilte ins Licht.

Plums. Sie landete, und über ihr schloss sich ein Gitter.

Bums! Mit einem lauten Geräusch wurde alles wieder etwas dunkler.

Die Schlange war jetzt in einem Käfig. Als sich ihre Augen an die Dunkelheit gewohnt hatten und sie sich umsah, konnte sie viele andere Käfige mit Tieren erkennen.

„Hallo Schlange!", riefen ihr ein paar Tiere zu.

„Mit dir hat der Mensch den letzten freien Käfig besetzt", sagte eines.

„Gleich geht es in die Stadt", flüsterte ein anderes.

„Können wir denn nichts tun?", zischte die Schlange nervös.

„Nein, wir haben schon alles versucht. Vielleicht kannst du mit deinen Superkräften etwas bewirken", hoffe eines der Tiere.

Die Schlange umschloss mit ihrem Schwanz die Gitterstäbe und drückte mit ihrer ganzen Kraft, setzte ihre spitzen Zähne ein und probierte alles aus, doch nichts half.

Dann meldete sich das Virus: „Du kannst jetzt nichts tun. Wir müssen abwarten. Vielleicht ist es ja schön in der Stadt."

Ein lautes Brummen unterbrach ihr Gespräch,

und der dunkle Raum mit den Käfigen setzte sich ruckartig in Bewegung.

Während einige Tiere ängstlich waren, war das kleine Virus gespannt und aufgeregt. Endlich würde es die Menschen kennenlernen.
Was die wohl den ganzen Tag so machen? Die Menschen müssen anders sein, denn sie leben nicht im Dschungel, sondern in der Stadt. Also haben sich die Tiere die Geschichten über die Menschen doch nicht ausgedacht.

Still und verunsichert schauten sich die Tiere gegenseitig an. Keines wusste, was es sagen sollte. Jedes Tier machte sich seine Gedanken, wie es wohl in der Stadt ist und wie schön es doch im Dschungel war.

Nach einer langen, ruckeligen Fahrt wurde es ruhiger. Das Wackeln hörte auf, und auch das Brummen war nicht mehr zu hören. Dann hörten die gefangenen Tiere die Schritte des Menschen. Er öffnete die Fahrzeugtür, so dass Licht hineinströmte.

„Wo sind wir?", fragte ein Tier.

„In der Menschenstadt!", antwortete ein anderes.

Die Tiere lugten neugierig hinaus, um zu sehen, wie die Stadt aussieht.

„Na nu? Wo sind denn die Bäume?", fragte eines der Tiere.

„Und wo sind die Sträucher in denen ich mich verstecken kann?", fragte ein anderes.

„Da ist kein Ast, auf den ich mich setzen kann", bemerkte ein Vogel.

„Dort ist kein großes Blatt, dass mir Schatten spendet", beschwerte sich ein anderes Tier.

Und so redeten alle Tiere wild durcheinander. Auch die Stimmen der Menschen dort draußen waren ein Durcheinander, so dass man kein Wort verstand.

Der Mensch, der die Tiere gefangen hatte, holte nun einen Käfig nach dem anderen aus dem Fahrzeug.

Und die Tiere sahen das chaotische Wirrwarr.

So viele Menschen. Nicht nur um sie herum. Sondern weit und breit wimmelte es nur von Menschen. Viele Menschen kamen vorbei, um die Tiere in den Käfigen anzuschauen.

„Ist das die Menschenstadt?", fragte ein Tier verunsichert.

„Die Menschen haben gesagt, dass das ein Markt ist. Hier holen sich die Menschen ihr Futter und andere nützliche Dinge", antwortete ein Affe, der die menschliche Sprache scheinbar von Natur aus verstand.

Super! dachte sich das Virus. Endlich bin ich bei den Menschen. Die Menschenwelt ist ganz anders. Hier muss ich nicht lange warten, um Neues zu entdecken. Hier kann ich umsteigen, wann ich will.
Unendliche Möglichkeiten sah das Virus und konnte sich nicht entscheiden, mit welchem Menschen es mitreisen sollte. So entschloss es sich dazu, sich zu verdoppeln. Zu seinem

Zwilling sagte es: „Verdopple du dich auch bei jedem Menschen, den du besuchst, so können wir die Menschenwelt viel schneller entdecken. Und später können wir uns erzählen, was die Menschen so den ganzen Tag lang tun."

„Alles klar, das ist eine super Idee! Bis später!", stimmte sein neuer Zwilling zu.

Kurz darauf näherte sich ein Mensch dem Käfig mit der Schlange. Das Virus setzte sich auf den Käfig und wartete.
Als der Mensch den Käfig berührte, setzte sich das Virus auf seine Hand. Mit der Hand holte der Mensch seltsame Papierscheine aus seiner Tasche. Um diese besser zu zählen, steckte der Mensch seinen Finger kurz in den Mund, und das Virus betrat endlich den ersten Menschen.

„Alles Gute!", rief das Virus noch den Tieren zu und sah, wie ein anderer Mensch viele grüne Papierscheine dem Menschen gab, der die Tiere gefangen hat.

„Warum wollen Sie alle Tiere kaufen?", fragte der Fänger den Menschen mit den Papierscheinen.

„Wir wollen die Tiere für unseren Zoo", antwortete dieser.

In der Menschenstadt

Nachdem das Virus den ersten Menschen betrat, fing es auch sofort mit dessen Erkundung an. Es sah sich alle Organe und Zellen an. Es betrachtete Nase, Mund und die Zähne, die Luftröhre, die Lunge und Bronchien. Es wanderte von oben nach unten und wieder zurück.

Dabei stellte es fest, dass die Menschen von innen fast genauso aussehen wie einige Tiere. So groß ist der Unterschied gar nicht.

Es ist also nicht der Körper des Menschen, der sich von dem der meisten Säugetiere unterschiedet, sondern die Art und Weise wie sie leben. Woran liegt es? Liegt es an dem Gehirn des Menschen?

Das Virus wollte es herausfinden und beschloss, sich mehrmals zu verdoppeln. Seine Zwillinge schickte er zu anderen Menschen, die in der

Nähe waren, um sich dann später über die Menschen auszutauschen.

Von den Menschen lernte das Virus blitzschnell. Die Menschen leben in einer sogenannten modernen Welt, fahren Autos, tragen Uhren, bezahlen mit Geld und Kreditkarten, telefonieren mit einem Smartphone, gehen zur Arbeit, um Geld zu verdienen, damit sie viele Dinge kaufen können, und leben in Wohnungen.

Menschen messen die Zeit, messen Längen, Entfernungen, Geschwindigkeiten, Volumen, Temperaturen, Gewichte und Mengen.
Alles muss schnell gehen. Die Menschen machen den ganzen Tag unheimlich viel, sind ständig unterwegs und scheinen niemals Zeit zu haben. Wofür machen die das bloß?

Nach einiger Zeit sah das Virus ein kleines Menschenkind mit zwei Zöpfen. Es lächelte den großen Menschen an. Das gefiel dem Virus.

Irgendwie war der kleine Mensch dem Virus sehr sympathisch, so dass es das Menschenkind besuchte, als die Menschen sich umarmten.

Es war ein fröhliches Mädchen. Auch wenn es nur ein weiterer Mensch war, war die Welt des kleinen Mädchens ganz anders als die des erwachsenen Menschen.

Das Mädchen machte Musik, sang viele Lieder, tanzte in ihrem Zimmer und war immer heiter. Manchmal träumte sie, die ganze Welt zu bereisen. Dann ging sie zu einer großen Karte an der Wand und steckte winzige Nadeln mit einem Fähnchen in verschiedene Orte der Karte.

Das Virus verstand nicht, was das Kind da machte. Dann hörte es sie sagen: „Wenn ich groß bin, möchte ich die ganze Welt bereisen. Ich will nach Europa. Nach Italien, Deutschland, Spanien und Frankreich. Dort sehen die Menschen anders aus, sprechen andere Sprachen und essen etwas ganz anderes."

Moment mal, dachte sich das Virus. Was sagte das Mädchen da? Die Menschen, die woanders leben, sind anders? Wie kann das sein? Das sind doch alles Menschen? Ich dachte, die sind alle gleich?!

Dann ging das Kind zu einer beleuchteten Kugel, die sie Globus nannte. Diesen drehte sie ganz langsam um seine eigene Achse.

„Und dann will ich nach Amerika", sagte sie. „Am liebsten nach Hollywood, wo die ganzen berühmten Stars sind. Dort werde ich entdeckt und werde eine berühmte Schauspielerin."

Europa? Amerika? Das Virus schaute auf die Kugel. Auf dem Globus sind noch viel mehr Orte als die genannten. Wenn es also für die Menschen selbst so spannend ist, andere Orte und andere Menschen zu sehen, so sicherlich auch für mich, dachte sich das Virus.
Aber wie komme ich dorthin? Und warum muss das Mädchen warten, bis es groß ist?

Nach einer Weile verstand das Virus, dass Kinder nicht ohne ihre Eltern oder einen anderen Erwachsenen reisen dürfen.

Menschen müssen ein gewisses körperliches Alter erreichen, damit sie alleine reisen dürfen.

Doch so lange wollte das Virus nicht warten.
Das Virus musste also Erwachsene finden, die
zu anderen Orten reisen können.
Etwas traurig verabschiedete sich das Virus von
dem kleinen Mädchen. Es wünschte dem Kind
alles Gute, auch wenn Menschen das Virus nicht
hören können.

Die große Reise

Nachdem sich das Virus von dem Mädchen verabschiedet hatte, betrat es so viele erwachsene Menschen, wie es konnte, verdoppelte sich mehrfach, bis endlich einige Erwachsene zu einem Flughafen fuhren und mit dem Flugzeug nach Europa flogen.

Die erwachsenen Menschen haben einen riesigen Vogel gebaut, in dem viele von ihnen bis ans andere Ende der Welt fliegen können! Das ist großartig! Tiere sind gar nicht auf die Idee gekommen.

Im Flugzeug vervielfachte sich das Virus, um viele Passagiere nach Hause zu begleiten und um ihre Familien kennenzulernen.

Und so reiste es fröhlich umher und entdeckte jeden Tag Neues. Die Menschenwelt war aufregend, spannend und irgendwie ziemlich kompliziert.

Im Gegensatz zu den Tieren denken die Menschen unheimlich viel und versuchen mit ihrer Technik, Eigenschaften einiger Tiere und Pflanzen nachzuahmen. Menschen versuchen, sich das Leben mit Technik zu erleichtern.

Menschen erschaffen auch viele Dinge, um das Leben schöner zu gestalten, indem sie Blumen pflanzen, ihre Wohnungen mit Bildern sowie Dekorationen schmücken und indem sie Musik hören. Insbesondere die jungen Menschen träumen viel und haben eine blühende Fantasie.

Erwachsene hingegen haben das Träumen verlernt, glauben das, was sie sehen, schauen sich die Nachrichten an, müssen ständig etwas tun und müssen vor allem arbeiten.

Doch eines Tages, nachdem ein kleines Flugzeug gelandet war, war alles anders.

Das Virus war gespannt, was sich die Menschen jetzt wieder ausgedacht haben. Alle Passagiere mussten sich der Reihe nach aufstellen.

Dann kam jemand mit einem kleinem Gerät, um bei den Passagieren Fieber zu messen.

Ach ja, fast hatte das Virus es vergessen, die Menschen lieben es, ständig alles zu messen, denn sie wollen immer alles unter Kontrolle haben.

Wozu machen die das jetzt bloß, fragte sich das Virus und musste nicht lange auf eine Antwort warten.

„Sicherheitskontrolle", sagte ein Mann in einem seltsamen Anzug, der seinen gesamten Körper bedeckte.
„Es wurde ein neuartiges Virus aus China entdeckt. Es ist höchst ansteckend und gefährlich. Erkrankte Passagiere müssen in Quarantäne."

Ein neuartiges Virus aus China? Die meinen doch wohl nicht etwa mich damit?! Ich bin nicht gefährlich. Ich schaue mir nur die Menschenwelt an.

Als der Passagier mit dem Virus seine Temperatur messen musste, zeigte das Thermometer eine erhöhte Temperatur an.

„Sie haben Fieber. Sie müssen in Quarantäne, damit Sie niemanden anstecken", sagte der Mann im komischen Anzug mit strenger

Stimme.

Oh je… Schnell vermehrte sich das Virus, weil es nicht wusste, was Quarantäne bedeutet.
In diesem Moment berührte jemand den Arm des Erkrankten und fragte: „Wie fühlen Sie sich? Ich bin Arzt. Vielleicht kann ich helfen?"

„Nein. Dieser Passagier muss sofort in Quarantäne", entgegnete der Mann von der Sicherheitskontrolle streng.

Da der junge Arzt sehr nett war, beschloss das Virus, mit ihm weiterzureisen. Gemeinsam verließen sie den Flughafen.

Angekommen in der Stadt setzte sich der Arzt in ein Straßencafé und bestellte etwas zu trinken. Während er einen Tee trank, schaute er auf den großen Fernseher an der Wand.

In den Nachrichten wurde von einem Virus berichtet. Seit einigen Wochen wurde China von einem neuartigen Virus befallen. Ganze Städte wurden abgeriegelt. Flüge nach Europa wurden gestoppt.

Wow! Was ist das bloß für ein Virus, das ebenfalls umher reist und so viel Schaden anrichtet? Bislang habe ich noch kein anderes Virus kennengelernt, das viel reisen will. Ich lernte nur die üblichen Viren kennen, die gar nicht viel reisen wollen.

Kurz darauf klingelte das Telefon des Arztes.

„Hallo? Ja, verstehe. Ich komme sofort vorbei",
sagte dieser. Es war jemand vom Krankenhaus,
der ihn anrief. Sie brauchten seine Hilfe.

Er trank seinen Tee aus, und so machten sich beide auf und fuhren zum Krankenhaus.

Das Virus war noch nicht in einem Krankenhaus und konnte sich darunter nichts vorstellen. Denn im Dschungel, bei den Tieren, gibt es so etwas nicht. Seine Geschwister in Asien konnte das Virus auch nicht fragen, was ein Krankenhaus ist. Es konnte sie auch nicht fragen, wie deren bisherige Reise verlief, weil sie zu weit weg waren.

Nach einer kurzen Autofahrt durch die Stadt kamen sie am Krankenhaus an. Das Krankenhaus war voller Menschen, die sich schlecht fühlten. Es kommen also nur kranke Menschen in das Krankenhaus, in dem sich Ärzte, Pfleger und Krankenschwestern um die Patienten kümmern, damit diese schnell wieder gesund werden.
Das Virus merkte den Unterschied zwischen den kranken und gesunden Menschen. Kranke

Menschen waren traurig, schwach und angespannt, da viele von ihnen Schmerzen hatten. Kranke Menschen können nicht viel tun und müssen oft im Bett bleiben. Der Anblick all dieser kranker Menschen tat dem Virus leid. Warum sind die denn eigentlich krank?

„Was ist denn hier los?", fragte der junge Arzt entsetzt.
„Warum ist das Krankenhaus überfüllt?"

„Wegen dem Coronavirus!", antwortete eine Frau mit weißem Kittel, weißer Hose und weißen Schuhen.

Coronavirus? Was ist das denn nun schon wieder, fragte sich das Virus. Also ist dieses Coronavirus an allem schuld.

Als es sich die Krankenschwester genauer anschaute, erkannte es einen seiner Geschwister auf ihrer Hand.

„Hey! Was machst du hier im Krankenhaus? Wie komisch, dass wir uns hier treffen und nicht woanders", rief das Virus dem anderen zu.

„Hallo! Stell dir vor! Die Menschen haben uns eine Krone gegeben!"

„Wovon redest du?", fragte das Virus. „Weißt du, was mit den Menschen los ist?"

„Ja! Menschen werden unseretwegen krank."

„Nein, das kann nicht sein. Es ist das Coronavirus, das die Menschen krank macht. Wir tun ihnen doch nichts."

„Du irrst dich. Wir sind nämlich das Coronavirus!"

„Was sagst du da? Uns hat noch nie jemand Coronavirus genannt. Die Tiere nannten uns immer nur Virus."

„Die Menschen haben uns den Namen gegeben. Denn wenn sie uns unter einem speziellen Mikroskop betrachten, sehen sie einen Strahlenkranz um uns herum, der sie an eine Krone erinnert. Deshalb nennen sie uns Coronavirus."

„Wirklich? Ach du grüne Neune!" seufzte das Virus.

„Dann sind wir also daran schuld, dass die Menschen krank werden? Das wollte ich nicht.

Ich wollte doch nur wissen, wie die Menschen leben, was sie den ganzen Tag so tun", sagte das Virus mit zittriger Stimme und begann zu weinen.

In diesem Moment erinnerte sich das Virus an die vielen netten Menschen, die es besuchte, an den Menschen, der sich dem Käfig mit der Schlange näherte, an das kleine Mädchen mit den Zöpfen, den Touristen, die durch China reisten, die netten Passagiere im Flugzeug.

Ich hoffe, dass es ihnen gut geht, dachte es.

„Werden denn alle Menschen durch uns krank?", fragte das Virus besorgt.

„Anscheinend reagieren die Menschen unterschiedlich auf uns. Denjenigen, die schon krank waren, geht es schlecht."

Das Virus schaute seinen Zwilling besorgt an, welcher fortfuhr:

„Die Menschen, die sich gesund ernähren, so

wie die Tiere in der Natur es auch tun, denen geht es meistens einigermaßen gut."

Das Virus atmete ein wenig auf, da junge gesunde Menschen zum Glück nicht so schnell von dem Virus krank werden.

„Sicherlich hast du schon Menschen kennengelernt, die viel Seife und Desinfektionsmittel benutzen. Das Zeug ist schrecklich! Das machen die unseretwegen. Sie wollen uns loswerden", sagte sein Zwilling aufgeregt.
„Nur leider weiß ich nicht, wohin ich reisen soll. Ich kenne nur die Menschen."

„Ja, das stimmt. Das Krankenhaus gefällt mir nicht. Ich will hier auch weg. Die kranken Menschen tun mir leid. Das ist alles meine Schuld. Alles wegen meiner Neugier. Ich will zurück in die Natur! Dorthin, wo ich hingehöre, zurück nach Hause", bekundete das Virus.

„Das klingt toll. Ich war noch nie dort."

„Ok, dann lass uns jemanden finden, der das Krankenhaus verlässt."

„Das wird schwierig. Da die Menschen uns nicht mögen und jetzt alles dafür tun, um uns an unserer Reise zu hindern. Alles machen sie jetzt mit Desinfektionsmittel sauber, Lichtschalter, Türgriffe, Tische, Geländer, Fahrstuhlknöpfe. Alles, worauf wir uns sonst so gemütlich hinsetzten konnten und auf jemanden warten konnten, der uns mitnimmt."

„Wir müssen es versuchen. Die Menschen, die hier arbeiten, verlassen das Krankenhaus. So können wir hier raus."

Das Virus blieb bei dem jungen Arzt und reiste mit ihm weiter. Zusammen sahen sie viele kranke Menschen mit Fieber, Atemproblemen, Husten und Schmerzen.

Oh je... das wollte ich nicht, dachte sich das Virus. Ich wollte den Menschen doch nicht wehtun. Ich wollte doch nur die Welt bereisen.

Aber um sie zu bereisen, musste ich in den Menschen. Ich wusste nicht, dass ich ihnen schade.

Nach einem langen Tag im Krankenhaus ging der junge Arzt endlich nach Hause. Schon während der Autofahrt erhielt er Anrufe von Freunden, die weinten, weil sie ihre Arbeit verloren haben oder ihr kleines Geschäft schließen mussten. Viele seiner Freunde und Verwandten waren besorgt und verunsichert und hatten große Angst. Einige fragten ihn, wie es ihm ginge. Der junge Arzt blieb die ganze Zeit über ruhig und gefasst und versuchte, alle anderen zu beruhigen und aufzumuntern. Er war für viele Menschen da und half ihnen gerne. Nach diesem Tag war er etwas müde und ein wenig erschöpft.

In seiner Wohnung machte der Arzt den Fernseher an. Bei einem frisch gepressten Orangensaft mit Zitrone schaute er Nachrichten.
Die ganze Welt redete nur noch von dem Coronavirus. Wenn es etwas Positives wäre, so würde sich das Virus freuen, doch leider war dem nicht so. Alle sprachen schlecht über ihn und gaben ihm die Schuld an den vielen kranken Menschen und der Krise. Niemand wollte das Virus, keinem gefiel es. Alle wollten, dass es ganz schnell verschwindet.

Dabei war das Virus so gespannt und neugierig gewesen, die Menschen kennenzulernen und die Welt zu entdecken.

Doch leider hat das kleine Virus für viel Traurigkeit, Ärger und Chaos gesorgt, ohne es zu wollen. Der Körper der Menschen ist für so ein Virus nicht gemacht und reagiert darauf mit Krankheit. Die Welt der Menschen ist anders als die der Tiere und Pflanzen.

Wenn Menschen krank sind, können sie nicht mehr zur Arbeit gehen. Wenn sie nicht zur Arbeit gehen, kriegen sie kein Geld. Ohne Geld können sie ihre Miete nicht bezahlen. Wenn sie ihre Miete nicht bezahlen, kriegen sie Ärger und eine Strafe und müssen ihr Zuhause verlassen.

Wenn viele Menschen krank sind, haben Fabriken und Geschäfte keine Mitarbeiter. Ohne Mitarbeiter können sie nichts mehr herstellen und verkaufen nichts mehr. Wenn sie nichts mehr verkaufen, kriegen sie kein Geld. Ohne Geld müssen sie die Fabrik oder das

Geschäft sogar schließen.

Deshalb hatten viele Menschen Angst und Sorgen, ihre Arbeit zu verlieren, ihre Miete oder Raten nicht mehr bezahlen zu können. Viele Menschen waren traurig, dass andere liebe Menschen krank waren. Und viele hatten Angst, selbst zu erkranken. Aus Angst blieben viele Menschen zu Hause. Eines Tages mussten auf Anweisung sogar alle Menschen zu Hause bleiben und durften nicht mehr nach draußen, damit niemand angesteckt werden kann.

Damit das Virus nicht noch einmal im Krankenhaus landet, hatte es beschlossen, nicht mehr mit Ärzten oder anderen Menschen, die im Krankenhaus arbeiten, mitzureisen.

Das wollte ich alles nicht, dachte es sich immer wieder. Es war traurig und ärgerte sich über sich selbst.

Doch es war zu spät. Seine unzähligen Zwillinge hatten sich bereits mehrmals vervielfacht und waren auf der ganzen Welt unterwegs. Aufgeregt erzählten sie sich die Geschichten und Erlebnisse der Menschen.

Wir sollten wieder lieber zurück in den Dschungel zu den Pflanzen und Tieren. Dort kennt man uns und nimmt uns gerne mit auf Reisen. Doch wie komme ich je wieder dorthin zurück?

Am nächsten Morgen schien die Sonne und der junge Arzt aß wie immer zum Frühstück Müsli mit frischem Obst. Dieses Mal setzte er sich zum Frühstücken auf den Balkon.

Nach dem Essen stand er auf und blickte nachdenklich in die Ferne. Was denkt der junge Arzt jetzt wohl in diesem Moment?

Als der junge Mann das Geländer berührte, um über die vielen Dächer und graue Hochhäuser der Großstadt hinwegzuschauen, verabschiedete sich das Virus von dem Arzt und setzte sich auf das Geländer.

Nach einiger Zeit ging der junge Arzt wieder in
seine Wohnung und machte sich bereit, um ins
Krankenhaus zu fahren, wo sie seine Hilfe

brauchten. Er freute sich, wenn er weiteren Menschen Mut machen und ihnen helfen konnte.

Das Virus auf dem Geländer hoffte auf einen Vogel, der ihn mitnehmen konnte, und schaute in den wolkenlosen Himmel.
Es dauerte nicht lange, bis sich eine Taube auf das Geländer setzte.

„Hey! Kannst du mich bitte zurück in den Dschungel bringen? Ich muss die Menschenwelt verlassen, da ich für viel Unruhe und Leid gesorgt habe, ohne es zu wollen und ohne es zu wissen."

„Dschungel? Wo ist der? Ich kenne den Dschungel nicht. Ich war noch nie dort. Das ist zu weit. Da fliege ich nie hin", gurrte die Taube. „Ich kann dich bis zum anderen Ende der Stadt bringen. Dort kannst du dann Zugvögel fragen. Sie reisen sehr weit. Ich bleibe hier in der Stadt.

Denn nur in der Stadt kenne ich mich aus."

„Ok. So machen wir das. Danke."

Da die Taube es nicht gewohnt ist, weit zu fliegen, machten sie viele Pausen. Sie setzte sich auf Laternen, Schilder und Geländer.
Sie sahen, wie immer weniger Menschen in den Straßen und Gassen unterwegs waren und nun einen großen Abstand zueinander hielten.

Plötzlich wuschen sich die Menschen ständig ihre Hände mit viel Seife und benutzen Desinfektionsmittel. Das mögen Viren überhaupt nicht. Denn so kann das Virus nicht mehr weiterreisen. Die Menschen taten all das, um das Virus bei seiner Weiterreise aufzuhalten, damit die Menschen nicht daran erkranken.

Traurig sah das Virus beim Vorbeifliegen die Nachrichten auf den Bildschirmen, die jeden Tag nur von dem Coronavirus berichteten.
Ja, ich habe es verstanden, dass ich nicht zur

Menschenwelt gehöre. Ich bin ja schon auf dem Nachhauseweg, dachte sich das Virus.

Einige Zeit später erreichten sie endlich den Stadtrand.

„Dort drüben ist die Stadt zu Ende. Ich bringe dich bis zu dem Teich, wo sich einige Zugvögel aufhalten. Dann werde ich direkt wieder zurück in die Stadt fliegen."

„Gut. Danke.", bedankte sich das Virus.

Wie besprochen landete die Taube am Teich, erklärte die Situation den Zugvögeln, welche dem Virus daraufhin die Möglichkeit gaben umzusteigen, um mit ihnen mitzufliegen.

Nach einigen Tagen begaben sich die Zugvögel auf einen langen Flug Richtung Osten. Diese Reise dauerte mehrere Wochen. Aus der Luft sah das Virus scheinbar unendlich große Wälder mit hohen Bäumen. Kaum ein Mensch war dort zu sehen. Es war so still im Gegensatz zum quirligen und hektischen Leben in der Menschenstadt. Das Virus hatte viel Zeit zum Nachdenken.

Es erinnerte sich an die unterschiedlichen Menschen, und was die Menschen voneinander unterschied. Wie anders einige ihr Leben lebten. Deren Körper von innen betrachtet scheinen gleich zu sein.
Doch ihre Gedanken, Gefühle, Reaktionen und Handlungen unterschieden sich. Wo sich diese befinden, konnte das Virus in der ganzen Zeit nicht herausfinden. In keinem Menschen konnte es dessen Gedanken oder Gefühle finden.
Sie waren da, aber dennoch verborgen. Waren

sie etwa noch kleiner als das Virus selbst?

Etwas hatten alle Menschen auf der ganzen Welt jedoch gemeinsam, alle suchten das Glück und wollten Liebe.

Ob sich der Dschungel während seiner Abwesenheit wohl verändert hat, fragte es sich. Und erkannte, dass die Welt kein riesengroßer Dschungel war, wie es anfangs gedacht hatte. Es erschien ihm damals nur so, weil es nichts anderes kannte. Jetzt weiß es, wie groß die Welt ist und dass es dort noch jede Menge zu entdecken gibt. Es gibt immer etwas Neues zu entdecken, auch scheinbar Bekanntes, da sich ständig alles verändert.

Nach einer langen Reise kam das Virus endlich wieder im Dschungel an.
Endlich wieder zurück in der Natur. Dort, wo

ich hingehöre. Die Menschenwelt ist sehr spannend und interessant, doch sie ist nichts für ein Virus. Wir sollten uns zukünftig lieber von den Menschen fern halten.

Der brummige Käfer hatte also vollkommen recht gehabt. Woher er das nur wusste?

- Ende -

Nachdem das Virus und all seine Zwillinge wieder in die Natur zurückgekehrt waren und die Menschen die Krise überstanden hatten, hat sich die Menschenwelt stark verändert. Nichts war so, wie es einmal war.

Die Menschen wurden wieder gesund und vergaßen nach einiger Zeit den Stillstand, die Angst und das Leid, welches sie in der Zeit des Coronavirus erfuhren.

Da viele Menschen auf der ganzen Welt zu Hause bleiben mussten und viele Erwachsene das erste Mal in ihrem Leben endlich wieder Zeit für sich selbst und ihre Liebsten hatten, konnten sie sich endlich wieder entspannen und auf sich und ihre wahren Bedürfnisse besinnen und auf das, was wirklich wichtig ist.

Sie fingen wieder an zu träumen. Sie konnten ihre Fantasie wiederentdecken. Sie konnten sich von Menschen und Situationen lösen, die ihnen nicht gut taten. Sie lernten neue interessante Menschen kennen, mit denen sie auf einer Wellenlänge waren. Gemeinsam hatten sie viele neue Ideen, inspirierten und motivierten sich.

Die Menschen hörten auf, zu viel zu denken, und begannen, wieder mehr zu fühlen. Sie konnten ihre wahre Berufung finden, um das zu tun, was sie lieben. Sie begannen, sich bei anderen zu entschuldigen und sich bei anderen zu bedanken.

Die Menschen brauchten das Virus, um zu sich selbst zu finden. Sie waren froh, gesund zu sein, und blickten voller Freude und Glück immer wieder in den strahlend blauen Himmel und dachten sich: Danke!

Wir wünschen dir,
deiner Familie und deinen Freunden
beste Gesundheit!

Bleibt gesund, werdet gesund
und lacht, so oft es geht!

Alles Gute und viel Freude!

Danksagung

Mein Dank gilt allen Personen,
die den Menschen in Not helfen,
insbesondere den Krankenschwestern und
Krankenpflegern, Sanitätern,
Ärzten und allen,
die sich um die Erkrankten
kümmern und ihnen helfen.

Danke, dass ihr da seid!

Ein spannendes Buch

zum Lernen, Staunen und Entdecken!

(mit Geheimwissen!)

Hast du dich jemals gefragt, wie viele Sterne es sein können? Warum die Erde um die Sonne kreist? Warum es so viele Geheimnisse gibt?
Gehe mit Sori auf Entdeckungsreise, und erfahre mehr über das Weltall und uns Menschen.

das könnt ihr bei amazon bestellen!

ISBN: 978-3-948762-03-2

METASTAR
books